U0065792

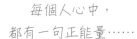
每個人心中，
都有一句正能量……

給親愛的

願你心中，
時常有滿滿的希望。

春

—— 重生

人生最棒的就是，
每天醒來都是嶄新的一天。

深呼吸……準備好了嗎？

要開始囉……

一年的開始，為自己準備了些甚麼呢？

若想得到這世界上最好的東西，
　得先讓世界看到最好的你呀…

每天給自己一個微笑，種上一天的陽光。

讓春風，吹散心情的烏雲……

讓春雨，洗去一天的塵埃……

 不要害怕失去……

空下雙手，才能拾起新的幸福呀。

用一份好心情，對待自己⋯⋯

珍惜生命中每個人……

努力去愛……

放鬆一點，讓快樂慢慢靠近。

控制心情，溫柔說話……

每天留點時間思考……

可以的話，我們重新來過。

每天努力一點點，一點點就好……

你會發現，自己的成長相當於一種重生……

每一天睜開眼，都是嶄新一天。

深呼吸……準備好了嗎？

要開始囉⋯⋯

一年的開始，為自己準備了些甚麼呢？

若想得到這世界上最好的東西，
　得先讓世界看到最好的你呀…

每天給自己一個微笑，種上一天的陽光。

讓春風，吹散心情的烏雲……

讓春雨，洗去一天的塵埃⋯⋯

不要害怕失去……

空下雙手，才能拾起新的幸福呀。

用一份好心情，對待自己……

珍惜生命中每個人……

努力去愛……

放鬆一點，讓快樂慢慢靠近。

·

控制心情，溫柔說話……

每天留點時間思考……

可以的話，我們重新來過。

每天努力一點點，一點點就好……

你會發現，自己的成長相當於一種重生……

每一天睜開眼，都是嶄新一天。

深呼吸……準備好了嗎？

要開始囉……

一年的開始，為自己準備了些甚麼呢？

若想得到這世界上最好的東西，
得先讓世界看到最好的你呀…

每天給自己一個微笑，種上一天的陽光。

讓春風，吹散心情的烏雲……

讓春雨，洗去一天的塵埃……

不要害怕失去……

空下雙手，才能拾起新的幸福呀。

用一份好心情，對待自己……

珍惜生命中每個人……

努力去愛……

放鬆一點，讓快樂慢慢靠近。

控制心情，溫柔說話……

每天留點時間思考……

可以的話，我們重新來過。

每天努力一點點，一點點就好……

你會發現，自己的成長相當於一種重生……

每一天睜開眼，都是嶄新一天。

深呼吸……準備好了嗎？

要開始囉⋯⋯

一年的開始，為自己準備了些甚麼呢？

若想得到這世界上最好的東西，
　得先讓世界看到最好的你呀…

每天給自己一個微笑，種上一天的陽光。

讓春風，吹散心情的烏雲……

讓春雨，洗去一天的塵埃……

不要害怕失去……

放下雙手，才能拾起新的幸福呀。

謝謝自己……

有我真好。

樂筆記 1

春：重生

作　　　者	／	陳辭修
總　編　輯	／	何南輝
責 任 編 輯	／	謝容之
行 銷 企 劃	／	黃文秀
封 面 設 計	／	張一心
內 頁 構 成	／	上承文化

出　　　版	／	樂果文化事業有限公司
讀 者 服 務 專 線	／	（02）2795-3656
劃 撥 帳 號	／	50118837 號　樂果文化事業有限公司
印　刷　廠	／	卡樂彩色製版印刷有限公司
總　經　銷	／	紅螞蟻圖書有限公司
地　　　址	／	台北市內湖區舊宗路二段 121 巷 19 號（紅螞蟻資訊大樓）
		電話：（02）2795-3656
		傳真：（02）2795-4100

2017 年 1 月第一版　定價／ 160 元　ISBN 978-986-93384-7-9
※ 本書如有缺頁、破損、裝訂錯誤，請寄回本公司調換
版權所有，翻印必究 Printed in Taiwan.